来过

张阳宁

著

吉林文史出版社

图书在版编目（ＣＩＰ）数据

来过／张阳宁著．-- 长春：吉林文史出版社，2019.9
（2024.3重印）
　　ISBN 978-7-5472-6624-3

　　Ⅰ．①来… Ⅱ．①张… Ⅲ．①散文集－中国－当代
Ⅳ．①I267

中国版本图书馆CIP数据核字（2019）第219416号

来过
LAIGUO

著　　者：张阳宁
责任编辑：钟　杉　王　新
封面设计：四川悟阅文化传播有限公司
出版发行：吉林文史出版社有限责任公司
地　　址：长春市净月区福祉大路5788号　　邮编：130118
电　　话：0431-81629363（总编室）　0431-81629372（发行科）
网　　址：www.jlws.com.cn
印　　刷：三河市嵩川印刷有限公司
经　　销：全国新华书店
开　　本：210mm×145mm　1/32
印　　张：4
字　　数：79千字
版 印 次：2020年9月第2版　2024年3月第2次印刷
定　　价：32.00元
书　　号：ISBN 978-7-5472-6624-3

到底经历了些什么　时间就这么过去了
那时传唱的歌曲　那时相聚的人　那时发生的事　都历历在
目　却已远去

歌还在　人曾在　事情都亲身经历
可是　歌很少再唱起　人没能再见　事情也只能忆起

来过
你的　我的　最真实的
每一段时光　在每一个地方　总会有这样那样的经历
许多的经历　串成一个个故事　我们称其为人生
来过　就不会枉过此生

写在前面
Background Story /

2008 年

大学毕业那天

寝室"分赃"

我得了一个吹风机

那是大二搬新校区时

寝室人一起凑钱购置所有的日用品中的其中一项

吹风机终于还是坏了

调到最大挡也仍然保持最小风量

差点急死人

○
○
2

但想想已被摧残了四年多
也只好作罢

在寝室
吹风机一到早晨都被抢着用
有时还商量着一人先吹一半
对门寝室也常来借用
当然前提条件是我们使用完毕

那时
就算一件很小的东西
也都会当宝一样
……

　　放假回家，趴在书桌上敲着键盘，我妈端着切好的水果走进我房间，把盘子放在桌上，便在书桌旁坐下，又上一块苹果塞进我嘴里，没有言语。起身离开时，轻声说了句：你有时间也把你爸的故事和那些时光写写……

　　于是，有了写作成册的想法，只为记录和分享，我们经历的那个时代。

　　在那个特有时代，俗称的"80 年代"背景下长大的我们："厂""厂子弟""独生子女""单亲家庭""叛逆""梦想""成长"……那个时代下，这些特有新词背后的那些故事，希望通过一个个故事，给无暇驻足一直埋头拼命生活的我们一点点光，顺着光一起再回过头看看来时的路，找寻些许温暖回忆，再被温暖，满血前行。

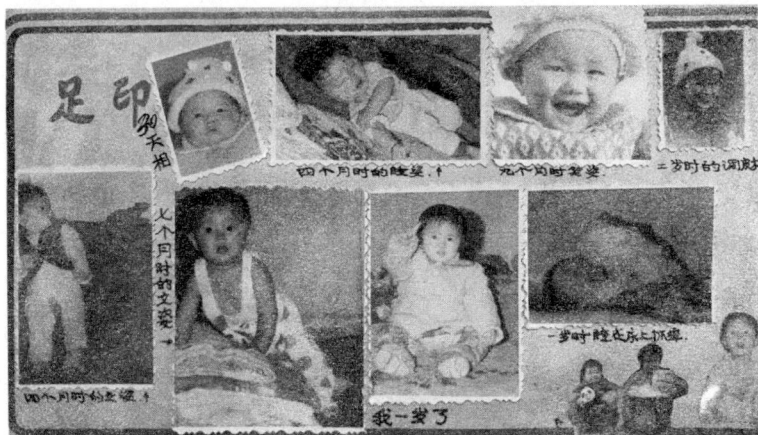

1987年　大年初三

我爸去看电影了

我姑回家准备吃的

我便这样出生了

我爸回到医院时我已满身血水地被抱在了医生手上

我妈很是无语

6 岁前

大多数日子都跟着妈生活

爸每周末回来一次

因此洗澡这件事

就是经常跟我妈混迹于女澡堂

那时候

好像"流行"什么就会拥有什么

那时流行每个小孩都有一个"保保"

而我和"保保"的关系建立则颇具戏剧性

一个周末晚上

跟着我爸去澡堂

洗完正关水

我突然蹦了回去

当时冷水刚关　滚烫的热水还在贯流而下

整个背部被烫到　我尖叫跳起

迅速被抱回家已是红肿起泡

邻居阿姨送来她从海南带回的神奇膏药

连续涂抹数日

我的背神奇地好了　没留一点儿疤痕

大恩大德永世难忘

就此认定阿姨就是我的保护神

于是认了"保保"

认"保保"当然也要有仪式

第二天便带着我上街买了套衣服送我

我却在百货公司来回玩着手扶梯　照着哈哈镜

从小就活在自己的世界里

但还好　懂分享

那时流行电冰箱　家里人也搞了一台

炎炎夏日

在家自制着白糖水冰棒分享给邻居同学和"保保"

然后带着商家赠送的变了形的儿童羽毛球拍

叫上几个学前班同学

转下楼梯

冲去院坝打羽毛球

玩到一半

想起冰棒还没吃完忘在了家

冲回家　却转向跟着跑去同学家里干吃上了奶粉

没有任何逻辑

却乐得后仰了腰

那时

自己还流行着一件特有的事："接骨"

从小爱脱臼

各种补钙仍不管用

但每次都能遇上贵人

等船过河回家的工夫

也能脱臼

还好旁边站着厂里的医生

搭了把手　几下就给接了上

可能是脱臼把身体脱柔软了

一次在回家的一个下坡路上

一辆自行车从我身上碾过去

肇事司机逃逸　路边行人追骂着

我自己慢慢爬起来　没事儿

继续走回了家

一切好像都那么幸福和幸运

一天在院坝玩耍
听着河对岸火葬场传来的哀乐
好奇地问坐在楼梯口摇着扇子的胖阿姨
才知道
人都会死亡

2002 年　父亲离开

2013 年　同学离世

2015 年　外公借由帮他买点蜂糖把外婆支开　自己在床上合上了眼

2016 年　奶奶疼痛着　神志不清地看着我　把我当作我父亲　去到了另一个世界　永远告别了痛苦

2018 年　大妈病逝在家　因亲人少有回家　一周后才被发现

接踵而至的生死，以为稀疏寻常，却在被迫面对永世的离别时，回望过往的日子，才明白：因缘际会，情缘终有时，唯有各自珍重，怀揣过往仍举步向前。来过，谢谢你！

目 录

1.相信

已整整 17 年，跟习惯不同，它就像存放到了一个不会轻易被触碰的角落，只是偶尔会怀念那个有你的日子，那种温暖从心底唤起，然后猛然发现"爸爸"这个字眼已在生命中消失了好久。

拖上行李，背上背包，毅然踏上了一个人的旅程。

到达落脚地，拉开窗帘，眼前一片寂静的漆黑，黑到瘆人，甚至都在怀疑置身的是否是度假酒店。

我们总是对未知充满恐惧，就像我一直害怕鬼怪一样，也不知为何而怕，大抵因为它的未知：你不知道它躲在哪里，长什么模样……

对于未知的，我们总是抱着"信其有"的态度。

　　记得一次一位大师问及我是否有个长兄，对于出生在那个严格遵守独生子女政策年代的我来说，怎么可能会有？！大师却说你长兄并没有降生。事后特地打电话给母亲，意外地如大师所言。从此却很是开心：我也有亲哥哥了！虽然不曾碰面、不曾一起成长，但足以慰藉从小渴望拥有亲生兄弟姊妹的情结与心愿。

　　我不是一个迷信的人，只是用一种方式来让自己不觉得孤单，认为在这个浩瀚的宇宙中，一定存在着一种能量，而这种能量会一直在不远处守护、影响着你，虽然未知，却足以让自己通过另一种方式去获取及体会温暖。我相信，爱会化作各种形式的能量存在，温暖并鼓励着我们前行。

　　抬头望向夜空，漫天的繁星里，父亲也应该在那里。

　　第二天清晨，揉开眼，阳光透过窗帘洒进房间。

　　拉开窗帘，推开落地窗踱步出去，两手撑在阳台站立于晨光中，昨晚寂静瘆人的远方，一早醒来竟变成了成片的热带树林、葱郁的草地、洁白的沙滩以及远处那片蔚蓝的海。

　　闭上眼，再睁开眼，带着相信，从黑暗到光亮，一切都是那么美好。

2.记忆（1994—2002）

那时候树比房高。

窗前是大树，大树下是那不大但足够停放大人们的自行车和供我们玩耍的空地。

空地与马路之间有条长长的小沟渠，不知从何时开始，沟渠早已失去原本排放废水之功能，仅变成了空地与马路的分界。

空地高出马路近半米，但由于中间沟渠的存在，常跟伙伴们直接跳过沟渠，起跳前还不忘抱着大树转上一圈，然后冲向对面马路下面的田野或是再往前的河滩玩耍，以减去旁边不足两三米绕道的烦琐。

雨与知了，是唤起美好记忆的两样法宝。

似乎那时候，倾盆大雨是常有的事，经常风起树响，大颗大颗的雨击打在成片的树叶上然后落下，窗外偶尔碾过的车辆声，让整个世界格外安静。

当然也不会随时都如此宁静。

男孩总是会比女孩晚熟好几年，在我小学四年级前没有一天是不被老师叫女同学带信回家给我家人的（带信就是老师把同学在学校不好的表现通过另一个同学以回家路过转告的方式告知给该同学家长）。带信内容不是上课表现不好，就是作业没按时完成，或是自作聪明偷懒。

一日，老师布置回家罚抄作业，我倒好，把之前老师用红笔打钩批注过的作业，用涂改液将每页的大红钩盖住，作业本的每一页赫然一个个大大的白色钩，第二天我就这样交上了作业。

结果可想而知，把我爸气得回家便是一顿暴打，我妈也在一旁一个劲儿地喊着："使劲打，太不像话了！"那是我第一次挨打，因为我爸遵行不打孩子教育原则，平时表现不好，要么蹲马步，在屁股下面放着点好的一小截蜡烛；要么自己打自己，打不响还不作数，就这样二选一受罚，说是不仅可以强身健体还可以让我长记性。于是宁静的夜晚，多了我的各种惨叫，常变得不那么安静。

而因为大树的关系，一到夏季，成片的知了蝉鸣在白天此起彼伏，特别是中午烈日当头，整个窗外全是它们的叫声。

企图制止它们，成了我跟小伙伴们常做的事，那就是想方设法抓住它们。

可是成片的知了哪有那么轻易就被制伏，但至少我们练就了熟练活抓一只知了的本领。方法不难，多练习即可成功：拇指跟食指迅速夹住知了的脊背并将其按在树上，知了这时候瞬间没了声儿；或是五指并拢成空拳快速按住也是可以的，但这个方法还需要第二个步骤，就是迅速转化成手指抓住的动作，此动作会很容易放飞或只抓住知了的一根翅膀，这时知了会拼命扑扇着它另一边翅膀，同时那刺耳的叫声加之高频率的翅膀震动使人不得不松手，但高手此时可以迅速将其再按回在树干上，重新抓住知了的脊背使之被制伏。

抓了半天也没抓上几只，就被家长喊回了家例行午觉。

午觉起床后打开冰箱取出每年我爸单位派发的劳保品：健力宝，"吱"一声拉开拉环，咕噜咕噜灌下就是一大半，爽快地打个饱嗝，抓起泳裤在知了声中叫上小伙伴们搭上公交车就去厂里的游泳池游泳。

可能也是怕热，到了晚上，知了也跟着人安静地纳凉，偶尔叫上几声。而此时，代替它们的则是我们此起彼伏的追闹嬉笑声。

家长们有的从家里端上个小板凳坐在树下一边摇着扇子一边聊着天，有的则漫步到对面的河边或厂区公园里遛弯，而我们则在各家来回跳窜着玩着躲猫猫、抑或端上掏空的一半西瓜皮当作钵，装扮成法海与头顶梳子和白纱巾的白素贞玩着大战雷峰塔。

在知了声和伙伴的玩乐中，度过着一年又一年的夏天。

后来搬进了旁边的楼房，离大树远了，知了的声音也渐渐变得不那么刺耳，童年也伴随着搬离而远去，没有丝毫的回头。

3.采石船（1987—1993）

夜晚站在家门外扶着铁栏杆远眺，总能看到远处小小的灯塔，那其实是采石船的灯光。

采石船一工作也就意味着到时间该去睡觉了，因为一般他们的工作时间是在晚上十点。所以总是习惯了听着采石船的声响，才能入睡，由于有一段距离，声音不算吵。

夏天的傍晚，放学回家，有时也会跑到学校旁边的河边跟同学追逐跑上一圈，或比赛扔几块鹅卵石进河里，我们叫作"打水漂儿"，比赛看谁打得远。

　　由于生活在厂区里，所以家长对孩子的看护总是多了几份放心，有时家长们打麻将，我们成群在家属区到处疯跑，河边是我们最热门的玩耍场地：草丛、沙地、鹅卵石、清亮见底的河水，而河水又是浅到小船都不愿靠岸的程度，因为总会搁浅，也就安全得不得了。

　　采石船还是每夜坚持工作着，仿佛在见证着这里的一切，包括意外与离别。

　　对大自然的大量开采，使得河床慢慢形成中空。一天，就像往常放学的日子，孩子们打闹着追逐到河岸边玩耍，突然岸边的沙堆下陷，活生生吞掉了几个孩子，其他孩子吓得喊叫着慌忙逃离，家长们闻声赶往，因为都不知道谁家的孩子被埋，所以一时没找到自家孩子的家长们，哭喊着跪坐在岸边拼命挖着塌陷下去的沙地，泪水与血水沁湿着沙地。

　　随后消防官兵赶来，一边拉开家长离开危险地域，一边组织救援工作，不幸的是，两名孩子窒息死亡，当事人的家长却都不在现场，拼命挖着沙土的家长看到自己孩子出现在自己面前的时候，冲上去拥上就是一顿打骂，一边哭喊着："你这个死娃儿，跑哪儿去了嘛！"

最后闻讯赶来的死者家长，踉跄冲上前用力摇着自己的孩子，仿佛这样做还可以再唤醒他们，可是早已无回天之力。那晚，悲鸣响彻整个厂区。

晚霞升起，一天即将结束，从那晚起就再也没有听到采石船的声响。

4.鸳鸯楼（1987—1993）

鸳鸯楼，幼时最快乐的地方。命其如此浪漫之名，其实就是一整幢楼由两栋相连的楼组成，故而取名"鸳鸯"。

从主路拐下一个小坡，途经一个超级大院子，院子左侧是由6个大水池和大石板平台组成的一排大大的公共洗涤池，每个水池有独立的水龙头，而在院子的右侧便是鸳鸯楼了。

鸳鸯楼整栋楼共6层，走上楼道，便可进入通往相连两栋楼的中庭，楼里都住着厂里的职工。回我家走右边，但由于两栋楼的每层都是相通的，所以常常图好玩，从左边上楼，绕道而行，在邻居小伙伴家串个门儿再回家。

两边楼的格局相同，各家门口是过道，整个过道连通着整层住户，每层单边 12 户，同时每家的厨房都设置在走道，走道的边缘是半人高的铁栏杆，向外望去可以看到厂子弟小学，再远处便是河滩。

由于厨房与家门之间的走道是通往各家各户的通道，常常我家没油了管隔壁借借，他家没盐了招呼一声旁边正挥舞锅铲的邻居，便用上了。那时的邻里，都是没事儿串串门儿，各家的孩子也常会聚拢在一起玩耍，而孩子们的聚集主要以同岁或同班级来划分，一放学我们常各家乱窜，到了吃饭的点，就会听见整栋楼冒出各种名字的呼唤："××，回来吃饭了！""听到没有？！吃饭了！"……此时，是鸳鸯楼最热闹的时候，家家户户家人的呼唤声、孩子们的大声应答声此起彼伏，好一个热闹。

记得小时候曾读过张洁的《芥菜》，记忆犹新，描述太阳落山，晚霞退去，炊烟升起，鸟回巢的场景……而每每读起总是回想起幼时居住的鸳鸯楼。

因此，就算转学离开，有时周末也会专程回去住上一晚。

鸳鸯楼，在幼时，不仅只是安居的家这么简单，它更像是我们的一片乐土，一个童年快乐的园地。

夏天，大人们会直接抱上年幼的我们到楼下大院子里长排的水池子去洗衣服，每个池子有一个大大的足以容纳两个孩童的大水槽，水槽的旁边延展出一个长条的石板，用作搓洗衣物。于是我就常被我妈带来水池，她一边洗衣服，我一边跟我哥在池子里玩水。

待太阳没那么猛烈了，大人们就带着我们去学校外侧的河滩玩耍，走在鹅卵石上，踩着刚好没过脚背的清澈见底的河水，偶尔跪下，玩耍着没过膝盖的把戏，但坚持不到一两步，就痛到叫唤着站起来。

周末，我爸从工作地回来，就会跟我大姨夫到河里比赛游泳，游到河流深处，而我们则在河滩玩着鹅卵石、打着水漂儿，等太阳慢慢藏进远处的河岸线，爸和大姨夫在河流里起伏的脑袋也慢慢靠近我们。路灯亮起，就被大人们拖拽着上岸，随后跟着我哥赛跑着回家，留下身后父母的叮嘱声。

我们奔跑着跑过草丛，摘下一朵蒲公英奔跑，在风中散落的蒲公英跟着我们跑过学校大门，跑过最是热闹的小卖部，跑过种着棵大树的马路转盘，跑过路边点着灯的卤肉摊，跑过常帮妈妈打酱油的铺子，最后拐弯跑进院坝，回家。

5.停电（1987—1993）

那时，在厂里的家属区，停电是常有的事，特别是夏季。因此蜡烛是每家每户必备的生活用品。遇上家里蜡烛快用完忘记添置，短短的蜡烛燃上一会儿，我们便摸着墙走进邻居家借上一根新的续上。

没了电带动的风扇，大大的蒲扇是替代的纳凉工具。一边摇着扇子，一边吃着家人事先做好的糖拌番茄。经过几个小时的冷藏，待番茄、番茄汁与白糖充分融合，用勺子舀上几片番茄就着一点儿甜蜜蜜的番茄汁，那种幸福感，吃上一口就会在一旁舞动自己的小身体半天。

　　家里人也会用白糖腌制切片柠檬放在一个密封透明玻璃容器里，每天从容器里夹上几片柠檬再倒上温水，待稍凉后放进冰箱冷藏。特别在停电时候，端出来喝上一大口，解暑又降温。

　　冷饮的降温速度总是短快的，于是大人总是会有另一个特别的消暑办法：当时家里的地板都是水泥地，用湿湿的拖布弄湿地板顺带拖拭地板灰尘，待地板热度跟随热气蒸发掉一部分后，铺在一席竹编凉席在地上，半躺在凉席上端着半颗西瓜，用勺子挖着西瓜一口又一口。

　　从小都没曾讨厌过停电，除了可以享用家里人变着法儿炮制的消暑"神器"外，我们趁停电时分还会飞奔到外面玩耍，借着月光，到草丛边抓萤火虫，抓上几只又放飞到夜空，追着闪闪烁烁的几点微光，跑着；玩累了顺势平躺在河边的草地上仰头数着星星，时不时翻滚着嬉闹着。

　　而回家通常有两个信号：
　　一个是从远远的家里传来的一声声呼唤，我们应和着，朝着远处三面楼里各家透出的若隐若现昏黄的光，追逐着回家；
　　另一个信号是突然的来电，大人们总是会不约而同惊呼："来电了！"这一声永远是不间断的、接连的，从这家传到那家，从这一个家属片区传到另一个家属片区，一直传到我们耳朵里，随后我们也会一下跳起来跟着大声叫唤着："哦！来电了！"然后叫着跑回家。

6.猫（1987—1999）

"猫怕人"，这是我打小的记忆。

爷爷奶奶家里，在我记事的时候就养了很多很多的猫，大概有二十来只之多。

只要我们回去，猫们就好像预先知道有人会来一样，全部躲藏起来，有的钻进厨房灶台角落、有的躲在床底，剩下一两只在外面逃窜。而这时候，我姐除了欺负我以外，就是追逐着吓唬猫，每次都试图把躲起来的猫吓出来，可是没一次成功，无论用何种方法，猫就如同消失了一样，没有丁点动静。等到晚上晚饭后家人们散去，猫们才从各个角落钻出来。

如果放长假，我晚上会留宿在爷爷奶奶家，看着成群的雪白围着正在和着猪肝饭的爷爷喵啊喵啊地叫着，突然看见我，又总会惊慌逃离，这时奶奶就会在一旁细声细语地念道："这是小主人，怕啥子嘛……"有时真怀疑，他们是否真的能逮耗子（老鼠）。

说来也是巧，有一天一只稍年长的猫，被老鼠吓到了阳台，一失足跌落到楼下。猫或许真的有九条命，爷爷奶奶家住4楼，这只猫居然没摔死，只是右后腿摔骨折，从那以后走路都是一瘸一拐的，因为这事，奶奶哭了整个晚上。

当然事故不止一桩，比如因为猫太多，爷爷一开门出去倒垃圾，猫就会跟着一溜烟冲出去几只。一天，有一只猫跑出家门就没再回来，奶奶着急地楼上楼下喊着名字，四处找寻……

是的，每只猫都有它们自己的名字，比如有一只因为一到冬天，它的鼻子就会特别红，于是给它起名叫"红儿"。红儿很乖，也是唯一一只不怎么怕人的猫，它会乖乖地躺在奶奶腿上，让奶奶给她抓虱子，虱子是很小的一种黑色昆虫，每次抓住后，立马被我奶奶用指甲用力地掐死。当然除了抓虱子，奶奶还教会我怎么摸猫，如果你摸它们的下巴，它们会立马很舒服地眯上眼睛，无比享受。

红儿伴着我读到了小学，一次放假回去，没有看见红儿，奶奶告诉我它前几周老死了，被安葬在了一个山丘上，听说那儿草木葱郁，环境很好。

　　猫的寿命不算长，但不管因为何种缘故离开，爷爷奶奶都会用他们自己的祭奠方式去安葬这些可爱的小生命，用他们的话说：爱它，总是一辈子的事。

7.赶集（1993—1999）

"赶集"在小镇又叫"赶场"，赶场的日子是逢单数就会有一次，而这一天被叫作"逢场"。无论平日还是周末，逢场时间从早上六点左右一直持续到中午。

那时还没出现专门的菜市场或超级市场，道路两边只要足以铺开物品的地方都可以被占据。有不停扑打翅膀想飞走但被扎堆关在笼子里的鸡、鸭，旁边竹篮子里还有它们下的蛋；有刚收割的新鲜蔬菜、瓜果，也有锅碗瓢盆或草药、膏药……只要你需要的或能想到的，在赶场中都可以找到。

每到逢场，整个小镇熙来攘往，好不热闹。

　　常常在放假的时候回爷爷奶奶家，就会在逢场日跟着上街去赶场。

　　小镇不大，从家出发走过两条主干道，来到沿河的街道走上一圈便可以再回到家。

　　不大的小镇，自然也就都是熟悉的面孔，只要上街，满街都是爷爷奶奶的熟人，有时挑选着食材就跟人聊上好久。

　　而我也不闲着，一个转身就溜去了旁边卖爆米花的摊位，爆米花分大米和玉米两种，根据个人的喜好，跟正在炉火边单手转着黑漆漆圆筒的叔叔说上一声，不一会儿工夫，听着"嘣"一声巨响就娴熟地给你爆出一大袋爆米花来。趁热抓一把喂进嘴里，脆脆甜甜的让你停不下嘴。

　　或是闻着蛋卷香，定会冲上前挤进人堆。面前师傅小小的操作台旁边装着一大盆事先用面粉、鸡蛋和好的黏稠液状的黄灿灿底料，用勺子勾上满满一勺，均匀浇灌在滚烫的铁板夹上，然后合上大铁夹，再在火上来回翻转，蛋卷的香气顿时扑面而来。吃蛋卷有个讲究，一定要仰着头，然后将那一卷脆脆的金黄放进嘴里，张大嘴咬下一口，脆落的蛋卷碎片也会一并掉入嘴里，一点也不会浪费；有时也会遇到做泥人的摊位，被染成各色的泥土在老爷爷的手里来回揉捏，就会很神奇地给你变出各种动物来，当然泥人里最受欢迎的还数拿着金箍棒的齐天大圣孙悟空。

　　"诶？羊儿呢？"当爷爷、奶奶回头发现我不在时，临摊中有看到我的摊主便忙指着我溜去的方向，然后爷爷、奶奶一声叫唤，我便跟着回家去。

8.不懂（1993—2000）

从读书开始，就不太懂为什么一定要"包书皮"，因为课本用上一学期后也就搁置一边。

一到新学期开学，发新课本带回家，每家第一件大事就是包书皮。通常书皮分两种材质：过期的白色挂历纸、黄色的牛皮纸。我家一般选择前者，剪裁纸张然后整整齐齐包完一摞书本后，再用正楷字工整地在书皮正面和侧面写下科目和姓名。

五一节后换去冬季校服统一着夏季校服，佩戴红领巾，最不懂的是每天早上和中午，各班中队长和老师要在校门口执勤检查：没佩戴红领巾的同学，要么选择回家拿取，要么选择班级扣分。

当年学校正流行学雷锋，如收到表扬信则班级会得到加分。

一日下午上学，一隔壁班同学忘戴红领巾，我把自己的从学校围墙内递出去借给同学，还让同学写上表扬信递交给广播站，当下就被广播传颂到整个校园："下面播报一则表扬，二年一班的××同学见同学没戴红领巾，热心地将自己的借给同学。这种助人为乐的雷锋精神值得大家学习！播报完毕！"随即班主任气急败坏找到我……可想而知，全校都知道了某班的某某没戴红领巾，某班扣除班级分2分，明年两个班也因此失去优秀班级评选资格。

而一到秋季，也不太懂学校组织秋游为什么每年都是去到人民公园观赏菊花？然后再写上一篇秋游日记，诸如"今天秋高气爽，同学们在老师的带领下，排着整齐的队伍来到了人民公园观看菊花。菊花争相开放，有的红的似火，有的洁白如玉……它们还被摆放成各种造型，有的像老虎，有的像龙……啊！姹紫嫣红真的太美了"。年年如此，日记也都不带改的。

还有则是，不太懂为什么每年六一儿童节表演节目或者需要拍一个家长觉得是历史性照片的时刻，总是把我们的脸化得像猴子屁股，额头中间还一定要再点个小红点？

那时候好像厂里的办公大楼就是一个地标，不管是会面等人还是拍照留影，总会选择在办公大楼前，于是在我们所有照片影像里，总会有一张在那里的留影，而且分别在不同时期。

翻看旧照，难得找到一张既没有被画成红脸蛋，又不是在办公大楼前的照片。那是学前班开学了，我上学了！

9.生日

搬新家时整理旧物，旧旧的相册被翻了出来，些许泛黄的、布满污点的相册记事本上，爸工整的字迹跃然纸上：

"12岁在吹蜡烛和吃蛋糕中愉快的渡过。祝贺你——我的儿子！你长大了。我和你妈祝贺你在未来的日子里进步、成熟。"

爸还在的时候，我的每一年生日都没落下过祝福。

生日当天，提前剪好的红色剪纸：我的名字、几周岁以及生日快乐的四个圆形大字，统统平整贴在墙上。然后围绕着剪纸周围挂上彩灯、插上电，彩灯一闪一闪的格外好看。每一年如此，但都不觉乏味，毕竟一年只能见到这一次彩灯。一切准备工作就绪后就待爷爷奶奶、外公外婆和亲戚们的到来。

上学后，家人也会邀请我的同学来一起给我庆祝阳历生日，但农历生日还是照例一大家人一起热闹度过。

一年又一年，每年都在父母和家人们的笑声、祝福与陪伴中长大。此时回看爸的记录与心情，才读懂他们那时的复杂心情：高兴于我的成长，却不舍我的长大。

慢慢地长大离家，而小时的只求赶紧长成个大人去拥有自己那片天，在真正长大经历万事的独当一面后却那么想如那年爸妈的矛盾心情一样：希望时间永远停止于此，你永不老、我永不长。

爸离开后，我没再过生日。工作后，春节回家妈的两颗鸡蛋、爷爷奶奶的生日祝福，就是整个再一岁的长大。童年生日的温暖收藏着，家人每一年的祝福铭记着。而生日，有你们就是最大的快乐。

10.茉莉花茶

　　小学之前，父母因工作分居两地，后考虑到更好的师资和学习环境问题，从小学一年级开始，家人便将我安排到父亲所在的城市上学，随后母亲也办理了停薪留职来照顾我们。

　　家是父亲当时单位分的单身公寓。

　　进门便是厨房，往里走则是一间十多平方米大小的卧室，与其说是卧室，不如说是一个全能房间。小小的空间被分割布置成了餐厅、客厅、卧室、父亲的书桌、暗室以及我的小书台。房间虽小，但总被收拾得干净、井井有条。

　　我的床安置在父亲的书桌旁边，每晚待我爬进被窝，父亲便沏上一杯茉莉花茶，杯盖轻放在茶杯一侧，然后拉亮书桌上的台灯，关掉房间的大灯，端坐在书桌前书写或维修钟表，茶香四溢。

在父亲的书桌上，摆满了各类书籍及钟表的各类零部件和一个闹钟，每晚听着书桌上滴答行走的小闹钟入睡，梦里还时常会闻到一阵阵茉莉花的清香。

记忆里父亲好像没有什么不懂没有什么不会的。他会修理所有的家电，小到钟表，大到冰箱电视；他爱好摄影，甚至在家里还专门搭建了一个冲洗照片的小暗室。

在工作之余父亲常帮他的同事跟朋友敲敲打打地整修，不论大小电子产品，除了需要更换零部件外，其他都不收费。

因为父亲的热心肠，也因为父亲的爽朗性格，结交了很多弟兄。

高一那年，父亲因肝癌去世。整个奠礼过程进行得极其简单，简单地只在殡仪馆停放了一晚，第二天一早便火化了。那是父亲的遗愿，他说一切从简。

当晚来守夜的人占据了整个场地，直至半夜都是进进出出的人流，那是当时最大的一个馆。

父亲的朋友很多，每到晚上下班时间，家楼下总会有人冲着我家窗口大声地喊着："张四！"（因为我爸在家排行老四）从那一声喊开始，来家里的叔叔们真可以用络绎不绝形容，很是热闹：吃饭、喝酒、划拳、聊天，母亲也总是开心地招呼着去添置碗筷……这是我记忆中每天最司空见惯的场景。

　　在父亲检查出身体不适后，父亲便把我安排在了爷爷家，怕影响我学习，也不愿我见到他因化疗日渐消瘦跟半夜被疼痛折磨的难堪，这些是事后母亲转述给我的。

　　父亲不管经历怎样的痛苦，总是笑呵呵的。

　　有一天，护士忍不住问他："怎么每天都看你那么开心啊？"

　　"我想在离开前给大家留下微笑。"父亲微张着他干到脱皮的发白的嘴唇回答道。

　　当时所有在场的人，都红着眼，母亲提起水壶走了出去，在病房外擦着眼泪。

　　父亲很爱干净，哪怕是住着院，也要隔三岔五地回趟家洗个澡再回去医院。有时趁时候还早，他就挺着大肚子（肝腹水），坐在地上把家里需要维修的家电一一修好，最后再钻进暗室，顶着一头的汗将自己的遗像自己去放大、冲洗、裱好……

　　每天面对探望者的宽慰："今天气色就看起来好很多嘛！""慢慢就会好起来的，等你喝酒哈。"父亲统统都笑呵呵地应答接受，而父亲心里早已清楚自己所剩的时日不多，但没多言、也没任何怨念，只是用自己的行动去为这个家做点事。

　　父亲留下的，我会用一生去珍藏，那个赋予我生命并曾经走过我生命的人，跟那些支离破碎交织成的关于成长的故事。

很想再回到儿时的时光，能一直躲进那个叫做"家"的充满茉莉花茶香的地方。

11. 她

　　她跟她的两姐妹被唤作厂里的三朵金花，三人相貌相似，却性格迥异：大姐爽朗直接，三妹永远活在自己世界里，而她内敛、温婉，有着常人难以想象的坚强，至少我这样觉得。

　　她，是我妈。

　　当年外公任工厂党委书记，始终清廉，没有找关系接外婆到城里生活，外婆依旧留在乡下教书、种地，乡下也就成了我们儿时兄弟姐妹们在假期的大根据地：自制竹筒水枪、树干宝剑，饿了就跟着外婆去田地里掰玉米、挖红薯，然后一起抱回灶房烤着吃。

　　一次我妈骑自行车从乡下载我回家，半路上只听我坐在后面一声嚎叫，车随即被迫卡住停了下来，我的脚裹进了车轮里，我妈连忙下车，慌乱的立直自行车，哭喊着四处找人帮忙，那是我第一次见我妈哭。

　　还好当时已进入街区，见闻求助，一群人立马围了上来，七嘴八舌地嚷着自己的办法，中间冒出一句："你这个妈咋个当起的哦，个人娃娃的脚都不注意到！"我妈哭得更伤心，不住地求大家帮忙，这时人群中露出一钳子："来！让一让让一让！"只见一个叔叔手拿钳子挤出人群，二话没说就蹲下，一边拿起钳子，一边对我妈说："你扶住他的脚，不要让他乱动。"然后迅速剪断了两边夹住我腿的车轮铁杆，这才得以脱险。

　　爸妈工作在异地的关系，除了周末，平时都是我妈带着我，那时我们还住楼房边的一个天井大院里，唯一的印象便是天井院子很宽敞，里面有一个很大的水池，邻居阿姨经常在那里开着水龙头哗啦哗啦清洗衣服，这也是我学会了衣服裤子需要全部提起来后再一起叠压进水里这种挤压清洗的方法。那是对天井院子少有的记忆。

在天井大院生活的些许记忆里，还有一件看似轻描淡写的过程，却让我记忆犹新：隔壁邻居烧电炉失火，殃及我家被烧，由于老房子，火势迅速到人们只是尖叫到还没反应到救火的时候，大火已经笼罩了整排房子。四处奔出的邻居提着水桶扑火，救火的救火，报警的报警，但火势来得太突然以及迅猛，该烧得已被烧得差不多，无一剩下。

火灭了，家没了。我妈倒是镇静，找到赶来现场的单位领导，申请了间厂里的单身宿舍住下，连夜和邻居搬了过去。

没有哭、没有叹息、没有怨言，这就是我妈。

　　为了让我得到更好的教育，学前班结束后，我爸便将我带到他工作的城市上学。一年后，我妈在单位申请了停薪留职，专门来照顾我们爷俩。虽然也同之前一样，挤在二十多平方米的房子里，却幸福地过着一家团聚的生活。

　　但不幸总是来得突然，我爸在我高一时查出肝癌晚期，于是立马住院化疗。医生叮嘱食物一定要少油少盐，我爸便经常因为饭菜的味道跟我妈发脾气，妈总是笑笑："好好好，马上给你重新做，再清淡点。"后来我妈告诉我，爸在化疗期间经历了难以想象的痛苦，经常半夜疼痛到发狂，紧紧地抓着我妈；也几次严肃地提出过离婚，我妈就当没听见，仍继续着她的照料与陪伴。

　　一个多月后的半夜，我爸离开，妈挨个拨打电话通知我们，所有人赶去了医院，我妈很平静，只是牵着我过去："再好好看你爸最后一眼吧。"

　　送遗体去火化的路上，照习俗，我妈及爷爷奶奶是不能出现的，在殡仪馆的车发动的那一刻，我妈突然跪趴在地上爆发一样地哭喊着："老四，你就这样撇下我们了！你个混蛋！""你自己就好好走了，我不能送你了……"周围的邻居将她搀扶起来，我在车里一个劲儿地哭，那是我第二次见我妈哭，哭得痛心。

　　爸走后，我跟我妈开始两人相伴的生活，直到我上大学离家。

　　面对工作后儿子的礼物，她总是喜欢的。想到我要回家，她便穿上前阵子给她买的衣服，戴着她生日时我送她的项链站在路口等着我回来。

一边吃饭一边聊着最近的趣事，还不停往我碗里夹着我爱吃的凉拌鸡，自己吃着小小的碎肉和拌菜。

"你也吃。"我总说。

"我吃得差不多了，你多吃点。"

妈永远是这样，装作不想吃，其实只是想把最好的留给她的儿子。

在回程的大巴车上，她怕我晕车，我还没回过神来，妈就已经挤到前面去帮我占了个前排的位置……

车内的过道很窄，送行的人们在车道内往来，宛如赶集，很是热闹……

妈是个善良的人，也同样教我做人要踏实，要乐于助人，要亲和……小时的记忆里，同学们都很喜欢我妈，连同学的作文都会提到她。但从小我却不太喜欢我妈：我哭，我妈就骂我；我做错事，我妈就找我爸收拾我。我妈总说我天天桀骜不驯，见邻居阿姨也不打招呼，还经常念叨我。而妈却用她的芳华青春，用她的行动感染并教会了我如何立人：礼貌、大度、自立、坚强。

这就是她。

12.姨婆

我得知姨婆住进了养老院还失去了记忆，连她唯一的儿子也认不得。

最近一次听到她的消息是两三年前从我奶奶口中，说一次偶然在街上遇到，姨婆拉住我奶奶一直道歉，并解释说当年对我确实抱歉，一直也为此自责了好些年。奶奶只是表示都过去了，让她开心生活下去。

姨婆是外婆的亲妹妹，亲上加亲的是，外公的哥哥是姨婆的丈夫，只是很早过世，所以记忆里只有姨婆跟她唯一的儿子和她的两个孙子。由于两家的这般关系，我们都直接称呼姨婆的儿子为舅舅，而对姨婆的两个孙子则叫哥哥。

　　逢年过节，两家都会聚拢在外公外婆家，也不知从什么时候起，我家与姨婆家走得很近：舅舅很早离异，后找了个小阿姨一起相伴生活，只要小阿姨跟家里闹别扭，舅舅就会把小阿姨带到我家来借宿几天以此平息婆媳关系；而姨婆没事的时候也会时不时来我家住上几日。

　　最热闹的是放寒暑假，哥哥们聚拢在一起被我妈带到我家玩，由于我家与其他亲戚不在同一个城市，所以常常一来我家就会住上一些时日。有时好几家亲戚齐聚我家，晚上在一旁听着大人们聊天，仿佛回到乡下的外公家：昏黄的灯光下，大家围坐在星空下的院子里，周围全是大株大株成片的竹子林，偶尔一阵风拂过，摇得树叶轻响，安静，舒服。家人仍是同一群家人，只是换了个场景聊天，因此我很喜欢坐在他们中间，听着家长里短，虽话语间音量都稍大，但这就是乡音。

　　小时候总是被称赞懂事，夏天会提前把大人们的凉席用湿布抹上一遍，冬天则提前为他们开启电热毯暖床，安排好他们的起居，当然也能感受得到他们因此也都很喜欢我，尤其是姨婆，我也就常被姨婆带去她家跟我哥玩。

　　高中转学，转回老家，被我哥邀请到他家同住，也就是姨婆家。那时刚好我哥从青少年球队退役，准备回到高中补课，让我跟他一起生活，学习上也正好有个伴儿，我也就自然答应了。

　　但没住上一个多礼拜，姨婆像变了个人，我晚自习放学回去，一进门就会被数落一番，不是因为晚上回家写作业家里的灯一直开着，就是因为洗澡时间太长被说太浪费水，甚至到后来晚饭也没有我的，饿着肚子就是一夜，于是告诉自己赶紧睡觉，这样就不会感觉到饿了……

　　有次下晚自习回去，实在太累就直接倒上床睡着了，姨婆进来我房间把我喊醒："怎么又忘记关灯！"而隔壁哥哥房间的灯可以开一整夜都没关系。之后姨婆电话跟亲戚说我在她家打扰了她，让她不得安宁，让我立马搬出去。突如其来的转变，让我跟我妈有些无所适从，从此以后，两家疏远了。

　　再次得知姨婆近况，是在十多年之后。

　　姨婆是典型的空巢老人，她的儿子忙工作很少回家，孙子也都各自成家在外地，除了我小舅偶尔去她家看看，几乎她都是独来独往，逐渐减少了与外界的联系，想必这也是最终导致她失去记忆的原因。

　　带上她最喜欢的糕点，虽然已不记得那个小时候常在她左右的表外孙，但至少忘记了我曾经讨厌过她，就这样"零记忆"地平静度过，愿天佑平安。

　　有时我们选择忘记，有时我们应激失忆，矛盾与仇恨，在时间的冲刷下变得不那么清晰，甚至没了踪迹，我还是那个我，你仍旧是记忆里那个不可缺的存在。我们围坐在竹林院子里话着家常，看着成长。

13.夜路

我从小就怕走夜路。

生怕黑暗的背后有鬼怪的存在，我称之为恐惧。于是会大声唱歌，后来又听人说，如果遇上一个爱听歌的鬼怪，就真的把它吸引过来了。所以最后我只能拉上人结伴同行。

我妈知道我怕黑，每次过节回家，晚上从我妈家去爷爷家守岁，我妈总会陪着我走上那一段漆黑的石板路。

古镇上的路灯，永远是昏黄到只能在伸手的距离看见五指，还好，至少有点光亮。只是从石板路上踢踏走过后，必经过一家打烊的茶馆，走进去一片黑，没有光照。然后跟着对路的记忆抹

039 ◀ ◁ ◁

黑进入、穿过一条深邃的小巷，经过天井，再拐进另一条小巷，再走上几步，才最后进入到爷爷家楼下的院子。房子是当时爷爷的厂集资盖的，从我出生那年，一大家子人就从楼下的瓦房搬进了这栋楼房，一住就是三十年，我妈也就带我走这条路走了近三十年。

今年过年回家，终于提议说晚上我自己走去就好，我妈从沙发上站起身穿上拖鞋，拉着我就走出了门："走嘛，走嘛。"

屋外的寒气让人下意识裹紧了身子上的棉衣，四川的冬天就是这样阴冷，妈走在旁边念叨："冷嘛就多穿点嘛。"顺手抓了下我大腿处的裤子，而我没穿秋裤……

走到楼下，一口气冲上楼，回头透过楼道阳台望去楼下，妈用手举着手电筒，给我照亮着路。

第二天起，我换作白天陪爷爷奶奶，晚上回到妈家守岁。

顿时，屋外爆竹鞭炮齐鸣。12点了，新年好！

14.肖申克

爷爷有个习惯：白天读报，午饭后，不管春夏秋冬，总会搬上一把藤椅，坐在阳台，背对阳光，沏上一杯茶，读着报纸；到了晚上 6 点 50 分，爷爷准点将电视调至中央一台，等待收看《新闻联播》，不管我和哥哥姐姐是否正看着点歌台或《猫和老鼠》，爷爷都会如此操作。

好在我们回去的频率也就每周末一次，也好在新闻结束后，我们又可以恢复到自动操作遥控器模式。

后来长大才知道，原来那是爷爷在狱中十年养成的习惯：读报、看《新闻联播》。爷爷因违背当时政策被判入狱七年，在狱期间得知他最小的儿子（我爸）出生，来了个越狱，被抓回去后又被加判三年，在狱中一待就是十年。

不能想象那样的经历会给生活带来怎样大的影响，曾如第一次看《肖申克的救赎》时不能理解布鲁克斯为什么在假释后仍最终选择踩上书桌结束生命。几十年的牢狱生活，已消磨掉他的希望，仅留下那狱中唯一的生活习惯而无法独自于世生活。

而爷爷延续着狱中的生活习惯跟奶奶的陪伴，继续着他的生活。

慢慢地，爷爷的儿孙们各个长大，散落在各国各地。回去的次数也逐渐变少，真正所有人都聚在一起的时候也就只是爷爷奶奶生日，哪怕春节有时都难以聚齐。

好在，爷爷慢慢地自己走了出来，用他的方式，每天会走上一大段路去跟老友打牌；有时也会牵着奶奶的手报上个旅行团去外面走走。

说到《肖申克的救赎》，在结局处，阳光下的一面蔚蓝的海、一片洁白沙滩上，两位共患难的狱中老友相见的画面，让人感动。情谊和身边那个人，或者才是希望和生活能持续下去的真正理由。

15.面

　　从小不爱吃面食，包括面条。

　　但只要是平日（非家庭聚会日）的时候，去爷爷奶奶家，晚餐总是雷打不动的面条，用爷爷的话说："因为中午吃了米饭，晚上就应该吃面食了——均衡膳食。"心里却嘀咕着你们只是爱吃罢了。

　　爷爷煮的面说来很简单：配佐料＋青菜＋少许面汤，面挑入碗，最后撒上一把小葱，端上桌，筷子挑起热气腾腾的面条，用嘴吹吹，便送入口中。

　　有时面条太长，我需要站上板凳直到面条被完全挑起，彻底摆脱下面的那一堆面，这时我才握紧筷子慢慢坐下把头埋下吸进嘴里，奶奶在旁边总会乐着："还是阳宁的办法好。"爷爷也在一旁笑。

在我很小的时候奶奶的牙齿就差不多掉光了，吃面的时候不用嚼，吸溜一声吸进嘴，然后直接吞下，而我总会好奇地看着奶奶微眯着眼睛认真吃面的神情："奶奶，好吃吗？"

"好吃！你爷爷煮的面最好吃。"

是的，爷爷煮的面确实好吃，就连我妈也做不出这味道，总觉得差点什么。

即便如此，也改变不了我不爱吃面食的习惯。

吃面也有规矩：

首先，事先"预定"需要吃几两面，因为有个说法：再好吃的面，第二碗的味道也总会逊色几分，当然实在不够也可以再煮，只是没了那头道的味蕾愉悦；

再来，面条起锅时一定要积极前往厨房帮厨端面，小时候总是看着电视不能将视线转移，于是经常因此番规矩而与奶奶发脾气，奶奶总在一旁催促："快点去！你爷爷喊了，再不去你爷爷又该生气了！"印象里奶奶总是怕爷爷，特别怕爷爷生气。

长大后离家，租了一个单位的家属小区。走进小区大门，俨然就是一个小型社会：一条笔直窄窄的路，路边小超市、水果店、理发店、菜店一应俱全，在路的尽头转角处，开着家面馆，面馆生意算不上热闹，但总有客人光顾。

刚工作那会儿，工资不高，除去房租所剩无几，因此常要开源节流，时不时会光顾下这家面馆。说来也是奇怪，面馆的面居然能吃出爷爷的味道。

十月，阳光开始没那么热了，上午刚下过一场雨，微风拂面，凉爽得很。下完早班，坐进这家面馆，照旧点了碗青菜小面，邻桌围坐着两位大伯，看样子不像是来吃食的，老板进进出出有一句没一句地跟二位话着家常，我坐在一旁听着岁月的声音，不紧不慢挑着手里的面吃着。在秋风中，在阳光下，沁人的暖心。那年我 21 岁。

面条，除了饱腹，同时也成了我想家的食物。

一年后，去到了深圳，那是人生第一次真正意义的离家工作。

初来乍到，没有亲人、没有同学、没有朋友，难免想家。想家了有个法子，就是搭上地铁去市民中心附近的家乐福超市转转，因为家乐福是唯一到处都一模一样的地方。

后来公司进来一批来自全国各地的实习生，我也会把这块"宝地"分享给她们，当然也不忘钻进各家面店去找寻家的味道。

时间长了，家乐福很少再去，城市的各个角落却遍布了我们的足迹。家还是会时常念起，只是换了种方式。

没有再去寻找爷爷味的面条，却被东北的同事带去了一家馄饨面店，不太爱吃，但同事们时不时就三五成群地约去点上一大碗摆在面前，热气腾腾的。

　　后来去到了北京，馄饨面变成了饺子，好像只要是节日，北方人都会跟饺子搭上点关系。有时我们自己做馅、和面、擀皮，有时直接买上袋速冻饺子扔进锅里煮上，盛上一碗，便是和朋友们的节日聚餐。

　　过年回年，爷爷说，胖了胖了。我笑着说想您想的。奶奶直乐："那今晚让爷爷单独给你煮一碗。"

　　奶奶依然还是怕爷爷会生气，时常关注着爷爷的动静和表情，稍不注意就会提醒我的言行举止。但说来也奇怪，爷爷又常常哄奶奶开心，生怕她不再理他。

16.年

小时候，不论什么节日，所有人都要回到爷爷奶奶家吃饭，这是家里定下的规矩，过年更不例外。

座次也年年如此：大人们坐在客厅的大饭桌，我们则被安排坐在里屋的小圆桌，两桌的菜品都一样，只是大人们桌上的酒在里屋被换成了饮料，当时闻名四川的"天下秀"。

中午12点的钟声一响，在厨房里忙活的大人们便一声吼："开饭咯！"分散在厨房、阳台、屋内的我们，齐刷刷地归座到各自专属的位置，围坐在正冒着热气的一盘盘大菜边，开始目光找寻着各自提前给奶奶点好的菜是否已经如愿准备好。

爷爷举起筷子后，菜冒着的热气立刻被我们瞬间打乱了方向，我们的筷子灵活地在餐桌上游走。团聚是年的一种味道。

午饭后，我们跟大伯、姑姑挨个拜年要压岁钱，然后转眼就无情地被爸妈收走，只留下很小一部分给到我们上街去买鞭炮、玩转糖、吃小吃……前一秒哭丧着脸，后一秒拿着压岁钱一出街便又开心起来。于是，快乐是年的第二种味道。

大街上随处的大红灯笼、好玩好看的玩意儿装扮着整座小城，来来往往穿着各色喜庆新衣的人们，还有那最具人气被围观的街头把戏：蛇身人头、杂耍表演……于是，热闹则是年的第三种味道。

随着我们长大、念大学离家后异地工作生活，成长得快到一眨眼工夫兄妹们都已结婚有了自己的小孩，形成了另一个自己的家庭，异居各地，不说平日的小节庆了，就连春节如小时候那般所有家人的相聚，都随着年历数字的增加，缩减到现在回家过年所有人围坐一张桌子都还觉宽敞。

尽管如此，仍然每年都期盼着过年。

头几年在外工作，春节只能隔一两年才回家一次。每次回家过年，会准备上一个小小的红包给爷爷奶奶，但在三天后我的农历生日，奶奶又会重新把红包回封给我，换上"生日快乐"的红包。

因从大学开始的在外近九年的漂泊生活，所以在回家乡后我一直想有一个自己固定的小家。于是我妈赞助了买房的首付，爷爷奶奶给封上一个大大的红包赞助装修。三个月后,我的小窝就这样形成了。

搬家当天,由于小家空间太小,就在表姐家先吃了午饭后,一大家人再一起转移到我的小窝暖房,好似过年。

每一年,奶奶还是照旧会在我农历生日那天封上一个红包给我,而最后一个红包至今都还放置在家里窗台的左侧角落,每每看到,总会想起奶奶咧开嘴露出她唯一两颗牙的笑脸。

而一个关于中国式家庭、关于亲情、关于爱的故事仍旧在延续。

奶奶离开半年后的一天上午,我正在办公室赶着方案,突然表姐传来微信:"婆婆昨晚托梦让我转告你,说你送她的耳环她很喜欢。"

不太会迷信,但仍觉开心。

耳环是我在奶奶病危时送她的礼物。

在很小的时候,我盯着奶奶的耳洞问:"怎么只有耳洞却没戴耳环呢?"

"等着二天(将来)我们羊儿长大挣钱了,给我亲手再戴上……"

我一直记得,却因为一直生活得不安定没能早早地完成奶奶的心愿。

年,还在,但每一年陪你热闹过年的人,慢慢地一个个远去,不在。

　　站在爷爷奶奶的房间，靠在窗前，翻回着它们惯用的厚厚的台历，年份越回到从前，脸上的笑意越是浮现。

17.火车

小时候家里人都在厂里工作，当时厂属于铁道部，自然也就享受着搭乘火车的各种福利，比如火车免票、比如父亲有火车车门钥匙……

那时候没有太多规矩，只有便利。列车停靠，这列车厢没开，停靠站的时间有限，乘客着急下车，乘务员还在忙着开另一边的车门而来不及赶来，父亲便帮忙打开这一边的车门。

那时候火车总是人满为患，有时需要先把我们小孩子从车窗塞进去，车内的人们顺势接着，大人们再从车门挤上车，记忆就是从这里开始……

根据外形和功能，火车主要分三大类：绿皮车、闷罐车（没有任何座位，需席地而坐）、货车。

有时没有车可搭，闷罐车倒是也搭乘过几回。唯一的印象就是：闷！没有车窗，空气不流通，也没有座位，加之人多，车厢地板上全是坐满的人，还有零散堆放的麻袋。

除此，常坐的便是绿皮车。座椅是深绿色的硬到没有任何弹性的皮质一体式座椅，左侧一排是 2 人座，右侧一排是 3 人座。当然座位还不止这些，过道、车厢与车厢连接处的两端、车门口都可瞬间席地变成临时座位，甚至在座椅下方铺几张报纸即可变身床位。

冬天还好，挤挤也就到了。可到了夏天，人一多，那可就……只能心里焦急地催促着车子赶紧动身，然后祈祷停靠站的时间短点再短点，因为车厢内只有固定几台小小的摇头电扇，电扇缓慢地左右转头，好像也是被热到没有气力似的。

而当火车一停靠站，没有了电力来源，电扇也就立刻停掉，电扇只在这个时候反应是最迅速的。

火车再发动，整个车厢也随之跟着沸腾起来，有火车跑起来带动吹进来的流动的风，有电扇的风。"喔，对了，对了，凉快了凉快了……"车厢里的人们总是这般开心地念叨，这是车厢内的固定模式，因为父亲也常在我耳边这样念叨着安慰我。

姑在很年轻的时候远嫁去了贵州。从小学四年级开始，每到暑假，父亲便托上关系把我扔上火车，背上小书包，里面装几件换洗的衣服，再在衣服里夹带一些生活费，就这样独自踏上自己的小旅程。

当然了，到站我姑就会来车站接我。

虽说只是独自经历火车上的旅程，但第一次独自出行始终还是会担心，比如会不会被偷，又比如会不会被拐走……于是只要有人跟我搭讪，我总会借时机表明我的状况："我就是一个小学生，就背了一个装作业跟衣服的书包，没什么好偷的，所以我不怕。"简直就是活生生的此地无银三百两。

到了晚上，邻座有人也会提醒说，睡觉时，最好把包都垫在枕头下或放在离车窗远一点的地方，因为半夜三四点到了站，就会有很多当地人举着长杆伸进车窗偷东西了。我听闻后煞是防备，但最后身体却摆着大字睡到了终点站。

到站后，姑来接站："我的羊儿，来了！"热情地牵上我便回家。

贵州的夏天是凉爽的，早晚温差很大，晚上常常是盖着被子睡觉。那时就觉得世界真奇妙，一趟火车就可以把人运送到另一个不同的世界。

表姐考大学，那是家族里的第一个大学生。但由于高考差几分，表姐没能如愿清华，只能选择第二志愿的电子科技大学，回到了四川。父亲为了不让表姐沮丧同时快速地适应生活，每周末回爷爷奶奶家后，就带上表姐同我回到我家去住上一两晚。这时火车又成了我们的领地：打扑克、玩游戏、一起走去不同车厢看看不一样的乘客。

有一次在火车运行的路上，见车窗外经过一个赶路的阿姨，当时天色已暗下，车窗外的人只能模糊可见，我把头伸出车窗，朝那位阿姨大喊了一声："诶！"阿姨居然极快速地回应道："你走哪儿去？"我噌地一下缩回到座位，懵了几秒后笑到前仰后合，一手拉着旁边的表姐，表姐也觉得甚是好笑，不假思索地越过我，她也把头伸出了窗外，想看看那位可爱的阿姨，但阿姨早已消失在夜色中，火车继续轰隆轰隆地前进着，这时，父亲将表姐一把抓了回来，"车开动的时候，不能把头伸出去！万一遇到车窗不稳固的，直接滑落下来把你头给切掉！"我掩着嘴，眯缝着眼对着表姐乐着……

高中转学，有时周末回趟家，也会搭乘火车，那时已更新换代了空调车。有时运气好，还能遇上双层的空调车。

后来上大学，交通选择更多元化，少有机会搭火车。

工作后，高铁面世，老家也设了停靠站，也就更少坐耗时的火车。

去年春节回家，没抢到高铁票，买了张火车票，也仅剩卧铺了。便愉快地坐卧加平躺交替着一个多小时后，到站。

踏下车门，走出火车，一切都没有变，就像走进了一扇任意门，瞬间带回到八九十年代：旧旧的月台、油漆斑驳的绿色车站立柱、月台大叔举着小旗吹着声响不大不小的金属口哨……开心地看着这一切，颠了颠背上的背包，手拿着纸质车票慢慢走出布满岁月痕迹的出口栅栏铁门，走上没有任何改变的大石板街道，经过两旁低矮的旧商铺，虽然已更换了不知多少次商家。

　　前行在人生成长路上，会经过无数的路口，一边通向崭新的前方，一边是那旧旧的来时路，偶尔绕上旧旧的路，松松心，再转身走进那条崭新的前方道路，充满惊喜、也将充满荆棘，但转身后，满怀幸福与感恩，就足够自如与坚定。

18.书信

　　也不知道是谁开的头，高一时几个关系好的同学间开始交换日记本书写自己的心情。

　　倩茜是跟我交换心情的第一个笔友，高二转学回原学校，开始改用书信继续书写。同时将她自己的名字改成了"嘻嘻冯"，顺带给我也起了个名字叫"薯条"，她说我就像薯条一样，外面看起来阳光金灿灿，内心又那么柔软。

　　大学后，书信来往更是频繁，丰富的大学校园生活，终还是需要找个人分享，终还是需要有个人倾听。那时已开始盛行QQ，但始终没有落笔书信来得亲切。于是每个星期一例行前往学校传达室查收信件，总是不会空手而归。

书信内容其实很简单，没有任何华丽的辞藻，用的都是口水话夹杂着一些玩笑的符号或字眼，偶尔在信纸上修修改改也不伤大雅，用倩茜的话说："那就是当下的心情，真实！"

每封信我们都认真对待，每一个问题都会在回信中依次回复，然后再将本周发生的事和心情统统写进那张不大的信纸里，刚开始我用学校的便笺纸回复，倩茜说太像公文，读起来有点震撼，于是从那以后，每次的回信都会给我附带几张足够我写完一周故事的花里胡哨的信纸。

书信不是一下完成的，可能是洗了个脸回来继续，可能是上课睡醒一觉起来，也可能是第二天再续上故事，反正好多信息，收信后慢慢去读完就好。

倩茜工作后，分到了海南某电台，一次写信告知我，她将名字改成了"季节"，说是交替的季节总会让人感觉生命的奇妙，很美。我却不喜欢，还是怀念当初的那个"嘻嘻冯"，永远地看着我，笑到前仰后合的"嘻嘻冯"。她说我总是能给她带来喜悦，而我只觉得她笑点低。

书信往来的故事，被倩茜分享到了她的电台故事里，后据听众反馈，她的听众在那时起也掀起了一段时间的书信热。我们在电话里乐着，仿佛看着眼前花季时的我们，正无忧地嘻哈笑着。

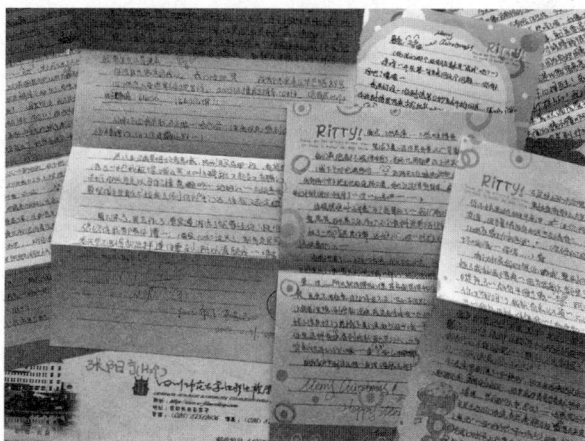

19.时光曲

6 岁前。

那会儿，好像天黑的总是特别快，加之 21 点前又必须上床睡觉，我的世界里仿佛每天就只有几个小时活着。

晚上跟我表哥洗完澡后，听着录音机播放的《葫芦娃》，在床上蹦跳着。而此时，我妈就跟我大姨不停拽着我俩擦干我们的头发，她们不停叫唤着，我们却毫无反应肆无忌惮地欢跳着。

录音机里的一个章节故事完毕，就预示着到了我跟我哥分别的时间，这时候大姨就会拉上我哥回家睡觉，而我们通常会一起嚷嚷着再听一会儿，当然大人们是从不会听我们诉求的，只会一边抱起我们一边告诉我们该睡觉了。

晚上临睡前，我也会跟着我妈追连续剧，那时电视正热播《篱笆女人和狗》，是我妈必守候的。

"星星还是那个星星，月亮还是那个月亮……"的歌声一起，我妈就端着一盆洗脚水进屋了。

妈妈坐脚盆的一头，我坐另一头，因为太烫，我经常脚一伸进水去就会立马弹起来。

"哪儿烫嘛，放进来一会儿就不烫了。"不容分说，我的脚就已经被我妈的大脚丫踩进了盆里。当下我只能憋着气，脸皱成一团，忍着烫，但没几秒适应后就真的不烫了，妈妈的话总是对的。

过一会儿坐累了，踩着脚盆就站了起来，盆底随之被我踩平贴到了地面，我妈也不管我，仍旧坐在我对面看着她的电视剧。

待水凉了，提起身边的热水瓶，抽开木塞，再倒入些热水进盆，大概再泡十分钟，就擦干脚丫爬进被窝里看电视。时常听着听着电视，就进入了梦乡。

《篱笆墙的影子》是我记忆里的歌曲，幼时和妈妈一起生活的歌曲。

小学四年级，《还珠格格》开始热播，主题曲人人哼唱。

当时有同学家里买了台随身听，我们几个要好的，一放学趁家里大人都还没下班回家，抱起随身听就往家属区的后山跑，坐在半山腰的斜坡草地上无限次地循环播放，一到歌曲副歌，情不自禁地就扯着嗓子大声和唱起来，面对着夕阳，落日的余晖映红了我们的脸。

升入初中，参加新学期为期一周的军训，那时随身听开始几乎人手一台，卡带也正版盗版鱼龙混杂，但不管怎样，对于那时的我们，只要能抢先听到就是极大满足。

当年周杰伦的《范特西》专辑面世，《双节棍》无疑是大家相继模仿哼唱的歌曲。

一日午休（午休也是教官严格查看的军训环节之一：无非就是安静睡觉并在听到起床号角后立即起床叠被出操），同学们躺下没多久，小胖正偷偷地戴着耳机听着随身听，安静的通铺大房间里突然一声"哼哼哈嘿！快使用双节棍！"顿时引起我们哄堂大笑，小胖这时才觉察到不对劲，摘下耳机也跟着笑，教官闻声跑来："干什么呢？！"但不知所以然，教官也只好简单训斥一通："赶紧安静睡觉，如果再听见一点你们的声音就都跟我去操场罚跑十圈！"随后转身带上门离开。小胖也侥幸逃过了一劫，于是，这一小段插曲在学校被整整传了一个学期。同学只要一经过小胖，不管认识不认识，都会故意大声喊着："哼哼哈嘿！快使用双节棍！"

小朋友的玩乐，再平常也可以持续好久。

到了高中，文科班的大多数同学，尤其是女生，人手一本自己的歌词本，全部手工抄写，翻开几页还会看到夹贴着几张从报纸或杂志剪裁下来的明星照片。

当年梁静茹算是我班女生的首推明星，文理科分班后，我班的班长是个胖胖的女生，唱歌煞是好听，甚至在语文课上课前，老师都会让她带领全班唱上一小段："分手快乐，祝你快乐……"也不知道那时候，如果教导主任路过我们班会做何反应？不过，记忆里的高中是快乐的，看着"早恋"的他们的躲躲藏藏、分分合合，却在回忆里一直甜着。

踏入大学校园，大一第一学期，在市区的老校区，学校不大，一个广播喇叭就能辐射整个校园。

古旧的校区，从图书馆抱一堆书穿过凉亭就到食堂，或两手提着开水壶从开水房经过年代久远的红砖教学楼回到宿舍，都是几步路的时间，加之一路鸟语花香、绿树成荫，一切都显得那么安逸。

而那一学年，每每中午时分，校园广播站的第一首歌总会是《快乐崇拜》，曲风欢快、歌词朗朗上口，有一段时间几乎所有同学的手机彩铃都用的是这首歌。

大二新学期，学校举办迎新晚会，我们系负责开场创意秀。于是热火朝天地投身准备，短短的半个多月时间，从选择邀请参演人员到剧本敲定、伴奏准备、自行拉服装赞助，再到排练，最后随着正式演出时落幕的结束曲《遇到》响起，所有参演同学踩着节奏或两两牵手、或对立鞠躬邀请、或在中场的跪式献礼，我们完美谢幕，全场同学沸腾，我们在台上立马成了泪人儿。虽然其间存在分歧，甚至后期排到半夜我们发脾气想要放弃，但相互打气坚持到最后，晚会圆满结束，一群人下台后跳着相拥成一团好久好久！

　　熟悉的旧旋律再度被唱起，所有的美好瞬间被唤醒，一幕幕，看着听着，眼里含着泪，嘴角带着笑……

20.电话

　　九几年我表姐上大学那会儿，整栋宿舍楼只有一部电话机，是位于一楼入口宿管窗口的公用电话。

　　拨叫过去，接通后"两报"：一报所呼叫的宿舍编号＋姓名、二报我方姓名＋关系。然后就听宿管阿姨撂下听筒放在桌上，吧嗒吧嗒地跑离，在楼道口大声地喊着："××寝室××同学，有你的电话！"如遇高楼层或不在宿舍的，就会告知稍后回拨或留言转达。在电话这头等待便是那时建立联系的写照。

　　待我上大学，开始使用上了单色屏手机，但我们还是在寝室里安装了一部座机电话，因座机收费便宜，同时接听免费。使用时需插入带面值的 IC 卡。但唯一不方便的是不能确保你呼叫的同学就在寝室，所以通常晚上 9—10 点是电话响铃最热闹的时候，有查寝的家长、有远方的好友、也有无聊的同学。

当时关系好的一位女同学的室友对我们寝室的"熊猫"有好感（因是全寝室唯一的成都人，所以给他起名"熊猫"），又不好意思表白或直接要手机号联系，就托好友找我，要到我寝室的座机号码，同时与我建立"暗号"：只要晚上九点半左右打进的电话都让"熊猫"来接听。

于是她换着各种方式建立起与他的联系。

"'熊猫'，电话接一下……"我敲着手里的键盘假装没工夫接听。

"找'小弟娃'啊？（我当时在寝室年龄最小，大家都这样称呼我）哦？直接转告他一下？"

"'小弟娃'，喊你明早上上课帮她们女生寝室占下位置！"

"'熊猫'接下电话！"

"喂，哦，刘老的啥通知啊……哦，晓得晓得，明天下午班会，好的好的，谢谢哈。"

"'熊猫'，电话！电话！"我一边发着手机短信一边着急地喊着。

"喂……他不在，哦哦，好的，我给他说就是，今晚十点嘛查寝检查前收好我们的烧水棒，好的。"

"……

有时眼看着九点半快到了，我立马给还在占用着电话的室友使个眼色让他赶紧结束通话。稍后，电话如约再至。

就这样一个礼拜、一个月、一个学期，有时候都不知道是该为这女生着急，还是该怪"熊猫"太笨，明眼人都能觉察出点什么。

大二下学期开始，寝室固定时间段的电话没再如约响起，女生转学去了瑞士。

实习前的最后一个班会，由我主持，中间设置了一个环节，将大家在分别前想要说但又不敢开口的话通过写纸条的形式传递给我（可匿名也可实名）。

我一边念读着，纸条一边不间断地被传来讲台。有抱怨班主任严格考勤的、有吐槽食堂饭菜的、也有趁机表白的，起哄声一波又一波。

在最后，我拿出了事先抄录的来自那位远在瑞士同学的纸条："'熊猫'，还记得那个随时麻烦你转达奇怪事情的一通通深夜电话吗？当时想每天可以听到一下你的声音，就会开心好久好久。虽然每次就那么短短时间，但感觉那时间里面、电话两头就只有我和你。今天大伙即将离别，在这个时候我只想借此机会告诉你：我喜欢你！喜欢你好久好久！虽然可能你会拒绝，但没有关系，就只想让你知道，有一个傻傻的女生一直在默默地喜欢着你……"

我望向"熊猫"，"熊猫"意外地递上了攥在他手里迟迟未递上的纸条："快到分别时，舍不得的太多，也有很多想说的。

我其实喜欢一个女生，但还没等到我找到机会去主动跟她表达，她已经去了大洋彼岸……谢谢你曾来过我的世界，在每天晚上跟我对话；也希望我们还能有机会再见吧，到那时可以换我主动一次，站在你面前，告诉你：我喜欢你！"

　　青春，有很多种可能，也有很多不可能，我们叫它遗憾。或许正因为这些看似不太圆满的遗憾，才更能被记忆起。

21.信用卡

实习那年，工资 700 元，虽房租已由家里贴补，但工资还是不够用，于是在银行来公司宣传信用卡时，跟着"飞机"去办理了一张，额度 3000 元。

拿着卡的第一天，跟着"飞机"搭了 40 多分钟的公交去到王府井进行了人生的第一笔超前性消费：刷了块卡西欧 300 多块钱的手表，以纪念自己的实习生涯。

戴着新手表，跟"飞机"去吃了肯德基全家桶，点单的时候还下意识地伸出左手看看手表在不同场景下的样子。

当天的最后一站是到一家主题 KTV 唱歌，说是唱歌倒不如说是拍照，各个角落都拍了一番，为了给 QQ 空间和博客多准备一些素材。

拍了一会儿，"飞机"去上厕所，我继续找寻着极具创意的点位，盯着面前的大理石茶几，便萌发了个大胆的想法，没有一丝犹豫地踩了上去，然后顺势蹲下，正准备举起手试试自拍角度，大理石的桌面瞬间一分为二，我当下用手撑住后半段桌面，然后滑倒在地。盯着掉在地上的另一半桌面，第一反应是打电话请教有些社会经验的同学。本想主动认错赔钱，但在电话里得知大概需要几千块钱后，整个人呆住了……

"飞机"推门回到包间，傻立在门口，我忙招手让他赶紧进来，把门关上。

二话没说，我俩合力先将掉地上的桌面抬上来，并用一个方凳垫底。大眼瞪小眼商量了半天，"跑吧我们！"这是最后决定。

此时我下意识做了个举动：脱下手腕上的新表交给"飞机"，并叮嘱："你帮我好好拿着，你先走，我垫后。"生怕万一被 KTV 员工撞上，把我的新表给弄坏了。

我们一前一后地离开。故作镇定地慢慢走出 KTV 楼层，下了电梯后立刻一路狂奔，跑了整整一条街，回头发现没人追来，才在拐角处俯下身气喘吁吁地停了下来。

一年多后，正式开始工作，当我们再忆起这桩离奇往事，特地找了个周末想主动去赔付，结果店已关掉。

　　之后的几年，但凡知道这个故事的朋友，再说起都会为当时我脱表的交接仪式而笑到捶打桌子，并吐出那几个字："天底下……怎么……会有你……这样的人……啊哈哈哈哈……"

22.KTV

　　大学一年级，因老校区的教室承载量有限，所有大学新生被安排的作息惯例是每周的休息日为周一、周二，周六日上课。

　　而 KTV 平日的收费实惠到拍拍手，便成了同学们联络感情的最佳集会点。

　　学校距离市中心的 KTV 步行大概 15 分钟，平日晚上的 KTV 通宵包断费用根据包间大小为 60—180 元不等，酒水单独消费，同时禁止外带酒水零食。而我们通常事先会在外面超市将饮品和零食购买好，分装到每个同学的背包里。进入 KTV 后，待服务员进出我们包间进行收费和查房结束后，我们的食物就齐刷刷地被摆满整个桌子，随后一个人两首歌轮流点唱，就是一个通宵。

　　周末通宵 K 歌算是常态，还有更多日程也被安放在 KTV。比如，每年定期举办的 KTV 歌唱比赛，我们包间居然没能入选，不服输的，我们就隔三岔五地用上休息时间的一个小时，AA 一人10 块钱进入迷你包间练歌，只有两个人也会去，KTV 在当时也就有了"练歌房"之称。

　　功夫不负有心人，我们常去的三人，分别包揽了校园歌手大赛的冠亚季军，与此同时我因为顶着当时流行的"杀马特"发型，加之台下同学们的尖叫声不断，又获得了一张最佳人气奖的奖状。

　　那时的风光，是 KTV 赋予我们的。

　　而后，团建、生日会等，KTV 都会占据我们行程计划的重要位置。

　　学生会卸任前夕，我们也组了一个 KTV 局，唱到最后十多号人自发地起立，手拉着手，一起哭着、大声合唱着。青春就是这样，总是藏不住任何情绪，我们吼叫，我们抱头痛哭又互相擦拭着眼泪，互相为未来加油打气。

　　去到异地工作的第一晚，被弦儿带去了一家包含有自助餐的KTV，之前常在视频里看康熙来了，被不断"种草"，没想到今儿就来了，兴奋到端着餐盘拿着话筒各种摆拍，也在那个 KTV 局里认识了同一所大学的学姐，巧合的是她又成了我之后的同事。

　　就这样机缘巧合，认定了学姐就是我在异地的一个亲人。之后的日子常跟学姐约着一起找火锅、吃川菜，一起过六一，偶尔公司食堂遇见，还会对坐聊到兴奋得手臂打到旁座的同事。在遇上人生第一次变故的时候，再次在食堂遇见学姐，莫名地眼泪唰地一下就流了下来，没有设防。

　　KTV现在很少再去，但KTV所代表的那些故事与那年我们，就如同一本本相册，很少翻起，但它们都在那里，偶尔翻看，还是美好。

23.第一次

Zee 特地调了一天班来机场送我，带我办登机手续，送我去到安检点。去安检点的路上还不住地演练着接下来安检该做些什么流程，生怕我到时独自操作出洋相。

那是我人生第一次坐飞机。

而半个多月前，Mary 离开前就曾跟我从头到尾地介绍过一遍乘坐飞机的流程，然后在她去机场回北京时还专门带上我，直到她准备转身让安检人员扫描她背后的时候，她还在不住示意着，用口型并做手势告知站在远处假装送行的我：这是安检的最后一步——转身检查。

然后我们大笑着挥手告别。

就这样，我在二位热心人士的手把手协助下，顺利并没露一丝马脚地、完美且"熟练"地搭乘上了人生的第一次航班。

那会儿，我所在的城市还没有建设地铁系统，刚落地新城市，地铁无疑是最便捷及最准时的交通工具，于是首件事：朋友领着我搭地铁去家乐福，顺道教我如何搭乘地铁：买票、拍卡、进站、以灰色的站名来区分地铁开往的方向等等。

而那些不定期新上架的手机应用程序、藏在商家官方软件里的实惠小应用，生活、工作中你不曾关注到却可以让效率大大提升的细节，也总是有被朋友、同事分享给我，并使我的生活更具品质。

刚转行做策划工作那会儿，一次工作中重要的一场公关活动，提前一个月跟着老板飞去香港某酒店试菜，针对暖场环节的小食，老板对酒店提了两个小要求：食物精致且小，小到可以一口一个；同时不要有容易掉渣和难嚼的餐食。

她的目的是在方便客人的同时，宾客面对突然的招呼聊天不至于失礼。

就这一个小小的细节，却贴心地让客人能在美美品尝食物美味的同时又能完美迅速地做到优雅不失礼貌。

而他们的得到又是谁给予的呢？是他们自己的细心发现、他们的朋友中的先行者或者家人。

是的，从我们出生开始的牙牙学语，到蹒跚走步，到第一次用手指的松夹旋转来使用筷子最终成功吃上食物，再到如何辨别是非、如何待人接物……这些都来自家人的教授。

分享与教授是一件极美好的事，它让我们快速并顺利地进入到另一个崭新世界，然后我们再将自己所得到的新事物传播开来，如此来来往往。

成人的世界里，分享交流或许是我们达到最佳关系的纽带，人与人从而变得融洽与无嫌隙。

别人的通常式，有可能是你的第一次；而你的习以为常，有可能是别人的从未涉猎。正确看待、带着感恩、沉心交互，这是我面对你我"第一次"的一点拙见。

24.别怕

　　小时候看人玩蛇，正兴致勃勃地围观着，突然被我妈用力拖拽着离开："有什么好看的，吓死人了！"在玩具店发现逼真的蜥蜴玩具，爱不释手地央求我妈给买，我妈一个转身直接将我拖走，"有什么好玩的，那么吓人的！"

　　于是，我慢慢也开始觉得蛇与蜥蜴是这个世界上最可怕的动物，现在看到都会立马移开视线，想象着它们冷冰冰地爬行在我身体周围，都会毛骨悚然般不寒而栗。有时午夜梦见蛇，被猛地吓醒，眼睛睁得大大的，用力眨巴眨巴，等缓一阵子清醒后才敢继续闭眼入睡，生怕再续上噩梦。

打小也不知电是可怕的，只是经常听家人劝告小心被电着，抑或是课本中读到的关于被闪电或电击致死，因此要如何来科学避免的知识。

一日，妈在打着毛线，我躺在旁边拿着她织毛线用的铁签子四处敲打玩，举着铁签划过头顶墙壁上的插座，顺势就插了进去，瞬间被电击到握着铁签的手连同铁签被强力弹击了出来，铁签狠狠地敲在我妈头上。

那一刹那，整个人完全失去意识。只庆幸当时插座的电压不算大。

无独有偶，听我妈说有一次我大姨在家洗澡，因直接将被水打湿的吹风机插头插进插座准备吹干头发，结果当场被电击倒地，半天才醒过来。

此后，我加强了对电的胆怯和防范，每次使用带有插头的电器前都会仔细擦干插头金属部位上的水或灰尘，生怕导电被击。

对于生来无知的我们来说，好像都没什么可怕的，所有的胆怯都是因后天知识的不断灌输和环境影响而形成。

骨子里我们其实什么都不怕。

之前看过一则学术报告，在非洲的一个食人部落，出现一个怪现象：该部落的人80%都会接二连三地因丧失理智、行动异常、发疯致死，部落的人认为他们是被其他部落下蛊所害。后经专家们深入调查发现，原来并不是被其他部落下蛊，而是因为这个部落有个习俗，就是他们会吃掉自己去世的亲人，这是他们特有的祭祀方式，而由于人肉和人的骨髓里含有一种会侵蚀人大脑神经的物质，导致了他们出现异常症状。那些吃了亲人肉体却没出现异常的人，恰恰是因为他们体内自带一种物质：阮蛋白。

相传我们人类，是自身带有阮蛋白的唯一物种，而说不定我们就是很早很早以前食人部落里优胜劣汰后存活下来的群体。

想想我们都如此强大地从远古优胜劣汰地存活而繁衍至今，也就没啥好可怕的了。遇事别怕，我们可是最强者（当然除去常识性的可避免的身体自我保护情况外）。

25.送别

还在外地工作时，三年能回两次家。从家离开，我妈总会站在路边抬着头盯着车窗里的我，时不时叮嘱上几句。我挥手示意让她先回去，她也不听，我看着她眼里透出的不舍，很不是滋味。车发动走远后转向后窗望着妈离开的背影，她低着头走着。

回来工作后，虽也不太常回家，但每次回家后准备要离开时，我妈总会丢下一句话："快点，快点，我要去砌长城（打麻将）了。"

凯是我早前在广东工作时的好朋友，后搬回了马来西亚工作。一次我途经沙巴，专程约出凯聚了一下，两人觥筹交错聊到海边的酒吧都打烊，第二天凯送我到机场，过完安检回头，凯还站立在那里朝我挥着手。

"飞机"是我大学同学兼室友，自我回来工作后，虽也没有像大学般每日都混迹在一起，但见面的机会也算频繁。每次在我家胡乱烹煮半天后吃完晚饭，看看时间，已经是夜里十点多："赶紧回家吧，寿司店要关门了！"（因为我在家门口挂了一个日式风水帘，"飞机"每次来我家推开门，就会自我欢迎道："欢迎来到寿司店！"）我就这样将他"赶"回家去。

因为知道总还有再聚的时候，分别也就自然；因为不知何时才能再见，离别也就总叫人感伤。

交通本是便利的，但刚工作那会儿，要回趟家却是一笔不小开支，于是只能在重要的时间节点回家一次；时间也总是可以再有的，找一个假期也可以再与远在他乡的好友聚上一聚，可也总需要机会和等待。

因此，送别在不知归期的时候，更增离愁别绪。

想起王维的《山中送别》：

山中相送罢，日暮掩柴扉。
春草明年绿，王孙归不归？

那时候，只有车马船舶，相见的机会更是难得、更是长久。

081 ◀ ◁ ◁

却尤寄情于那样的别离：悠居山中，好友造访，每一次的相见都当作最后一面般珍贵。相聚终须一别，送君山林深处，最后抱拳作揖、挥手、遥送，望着好友的背影，期待下一次的相见。

不知归期、也无问归期，有的只是酣畅相见于每一刻、互道珍重在送别时，然后你朝前、我回身，各自再回归到各自的"征途"。情谊与牵挂让我们的人生变得尤为厚重和有滋有味。

26.接受

接受，总是需要一点时间跟过程，毕竟面对的是一个横空出世的新玩意儿。

无意翻出尘封已久的胶卷相机，再看看手边的单反数码相机，脸上不禁浮出笑意，为当初的那一小段固执跟执念：

在数码相机刚问世之初，总撇嘴排斥，并找出各种问题和理由来论证还是应该坚持延用胶片拍照的论点。

然而，抛去胶卷机本有的相片质感与不可取代的成像色泽外不说，按理，单反的出现，算是相机的进化，是种发展，毕竟它取代了频繁更换胶片的烦琐，一张记忆卡就解决所有问题，也让拍照整个过程更直接：直接观看、筛选、删除或保留。说白了，就是更方便了。

可是为什么起初会排斥呢？说到底还是习惯，习惯让我们严守固有的思想跟状态。

30岁生日，母亲将父亲留下的与我年龄一样的胶片相机交给了我，希望我能像父亲一样坚持自己的梦想一直走下去……

30岁这年却在逐梦路上留下伤痕，一早起来索性断眉，并与相机一同拍照留存。

27.三人

老姜 我们在长大

老姜，大学同班同学，网球球友，男，早在 25 岁就结婚，领证当天从民政局出来，一个人走在最后面，仰天大吼了一声，无以言表的心情。用他的话说，跟爱无关，只因责任，却又觉人生就此告别自由。

我们笑他只是不舍买醉的酒吧和长岛冰茶罢了（那是老姜的最爱）。其实我们心里明白，是还没独自品尝够青春的酸涩，还没独自走完人生可以再继续经历的风景，包括更多的可能性。过早地被婚姻这个无形的牢笼罩住，失去自由。

结婚，似乎就真的意味着长大了。

的确是长大了，老姜是我们大学同专业同学里，为数不多仍坚持在所学专业领域工作的人之一，当然他也有他的副业，比如投资足球场、比如开火锅店。火锅店开了不到一年，因店面位置与经营原因关掉了，时隔一年，他又重出江湖开了一家新的火锅店。存在于我们刻板印象中的老姜，是一个永远没长大的孩子，可面对醉酒客户伤人、男女员工恋爱导致怀孕致使双方家长在店内大打出手，甚至女员工因家事抑郁在店内服老鼠药自杀等等棘手的问题，他都一一理性解决，我惊心动魄地听着他的故事，对他肃然起敬。看着眼前的老姜，明白兴许这就是他的成长。

听着我的感叹，他点了根烟，眯缝了眼，笑。

娜式幽默

李娜，大学同学，黑黑的女生，操着一口地道的翘舌自贡话。

大一第一堂课，几乎都是按寝室为群落就座。当时一波女生坐在我们寝室的后面，我转过身跟后座的她搭话，问她叫什么名字。"李娜。"顿时我来了精神，"哦，原来《青藏高原》就是你唱的啊。"她撇头轻捶了下桌上的书，然后我们寝室的便起哄说来一首。我为缓解课堂气氛，不让老师把注意力集中到我们这一片，赶紧了转移话题："怪不得你那么黑。"她顿感无奈。但从那开始，我们的关系慢慢"瓷器"起来，我们逃课逛街、还当中间人约了一场四人游撮合了一对同学。

　　娜是爱逛街的，一次想买的东西没全买到，说不开心，只买了双鞋，立马换上了。这个麻烦的女人于是乎因为这双高跟鞋产生了如下两个笑点：

　　No.1：瞬间走路很慢，并让我也配合走慢点，我说你何苦，她说哎呀；

　　No.2：她看上个饰品，很喜欢，因为有点贵，价钱也一直没砍下来，转了一圈犹豫多时准备返回再去看看。走在回饰品店的路上她突然侧过头问我："如果再去应该不会'瓜'吧？如果老板还是说那个价不能再低了呢？"然后又立马上接过自己的问题说道："应该认不出我吧，我换了双新鞋……"

　　三人

　　毕业后，同班同学间经常往来的就我们几个。

　　我决定离开去异地工作那晚，大家都喝了点酒，老姜说加油干，娜说不想你走。

　　毕业十年，跟老姜在球场约了场球，娜打了个"滴滴"踩着高跟鞋手提着球鞋赶来，球场周围的成片大树刚抽出新绿，待绿树成荫，一切都是那么美好。

28.择一事　终一生

Mary向往的生活

Mary，小小的个头里蕴藏着你无法想象的中气，只要她在你身边一笑出声，啥事都变得不是事。

Mary是实习时候的同事，她也爱拍照，于是我俩变得关系很好。

汶川地震当天，所有信号中断，她担心地四处找我，晚上信号恢复后互报平安，她找到我所在位置，带着她独有的笑声老远就戏谑着："可以哦，结果躲在这儿哦。"

之后，我们站在天府广场与数万名志愿者一起为逝者默哀，呐喊加油："四川！雄起！"

Mary 仰头看着我："你哭了。"

"没有，流的汗。"

"你明明就哭了。"

……

像极了孩子的互相争辩。

然后她也擦了擦眼眶流出的"汗"。

那是最后一次在成都跟她在一块，随后她去到了北京，一待就是十年。

中途我也加入了北漂行列。她在西，我住东，我们经常穿城坐着近一个小时的地铁汇聚在海淀黄庄站，然后各自挎着相机，完成今日份的命题拍摄，到了晚上则按例在我们常吃的几家店中选一家去慰劳一下我俩的胃：海底捞火锅、老妈兔头、那家小馆、梅州东坡肉、南京大排档、将太无二寿司……

十年很长也很短，北漂十年，她坚持着做同一份工作，也一直坚持带着她不断更新的拍照设备走街串巷。

2018 年，她终于作出了她人生最大的决定：辞去北京稳定的工作，去清迈做旅拍：

着一身轻装，品各个咖啡馆，背一台相机，采一路风景，存不同的蓝天白云草地和笑脸，用笑给我们带来许多生命的热度。

这是她坚持的生活，是她向往的活法，也是我们的。

"飞机"

"飞机"是我的大学室友，他喜欢研究各类战斗机，加之他的名字里有一个飞字，索性就叫了他"飞机"。

"飞机"在酒店餐饮部实习的时候，爱上了咖啡。后转去星巴克，一干就是 11 年。

"只是杯牛奶，我是真的用心在做，她可能感受到了吧！"

一天"飞机"在 QQ 上告诉我，昨天有个外国客人在他店里点了杯热牛奶，当"飞机"做好双手递给她后，她喝了一口，立马表情严肃地叫了"飞机"胸牌上的英文名，然后竖起大拇指说很棒，很好喝，她的表情"飞机"说他会永远记得……

是的，只要用心总会被感受到，好简单的道理。

"飞机"永远是这样，简单认真快乐地生活着。

29.她们

弦儿

弦儿，准确说是我学姐，她是我们学校第一个参与与香港合作项目的实习生。因提前实习落了课，来到我们班补修。

她坐前排，我坐后排，经常一好奇就捅捅她的后背问各种关于实习的趣事。她都笑着热心地回答。

弦儿，一个声音极具感召力、身材五大三粗却夺得过"旅游小姐"称号的神奇女生。

我们前后同属一家模特公司学习，后又在同一家单位实习，再后来她去了香港继续念书，而我去到了她旁边的深圳。

那时候她每周休息日雷打不动地过关来找我玩，当时新工作前期还没搬进公司公寓，我租住在东门附近，她便在我出租房的隔壁间花 80 块钱住上一晚，每次入住都会嗲嗲地叫着："哇，好安逸哦！"因为房间确实"精致"，小到离谱，然后推着我去楼下吃火锅、喝糖水、逛家乐福。

工作三年多后，我因在公司动手打架被 HR 劝退（当然是为了正义，此处特解释一下），当晚也就立即被 HR "赶"出公司公寓。晚上同事们为我组了饭局并为我的下一步生计出谋划策，此时，弦儿叫上一个朋友说："走，我们去看看那屁娃娃。"于是连夜过关赶来，我正跟同事们吃着饭，手机响了，"你娃在哪儿？我们现在在你公司楼下……"

晚上弦儿在酒店陪着我，生怕我出事。凌晨 1 点，她帮我赶制着英文简历，我去楼下给她买泡面。

但辛苦赶制的简历没用上，北京抛来橄榄枝，我开始了北漂生活。

没多久，弦儿因工作交换学习三个月来到了北京，那三个月她几乎每天和 Mary、我三人吃喝玩在一起，我们偶尔趁她当班假扮客人去到她酒店享受一下 Happy hour。

后来见面机会少了，但相互的成长故事从未落下过。她教我如何渡过失恋 33 天，我帮她把关她的历任男友；她一面劝我不要

再裸辞了，一面跟我抱怨着好几次她都想拍桌子辞工；她分享她
终于有自己新家的喜悦，我给她拍我新窝窗外的夜景，"得空常
回家"……

渌

　　渌，两个孩子的妈。因渌酷爱蜡笔小新，于是给自己的儿女
取名就叫"小新""小葵"。

　　渌大二时我读大一，当时她是我们系的团支书。我大学第一
次工作会议前她打电话挨个通知各班团支书开会。当时大家年轻
气盛谁也看不起谁，接起电话就听对方说道："你好，我是渌，
通知你今晚到二教 104 教室开会。"

　　"渌是谁？"我也是不客气，心想也没个出处介绍，直接报
名字也真是奇怪。

　　"反正就是通知你今晚来开团支书会议……104 教室。"她也
没一点客气。

　　从此冤家路窄地杠上了，那次会后她特意留下我问还有没其
他问题，班级活动也会特别检查我班。

　　后来我们被迫组成搭档主持学校比赛，之后又主持校五四青
年活动的"八荣八耻演讲"。记得在活动结尾，我倡议大家不仅
要从自我做起，更应该从小处来树立文明，比如不要在公共场所

挖鼻孔（当时我心里想尽量举一些生动且生活化的例子）……渌举着话筒站在旁边没憋住笑。

我们的关系就这样戏剧性地因频繁接触而慢慢放下嫌隙，关系开始变得柔软。

大一寒假，她给我介绍了她两个朋友作为我的学生，那是我人生第一次收学费教课。暑假，又陪着我跑各个赛场，她会穿着她当年酷爱的波西米亚风长裙端坐在台下，开心地眨巴着她那双大眼睛为我加油。决赛时，还找来她的发小给我免费做贴身化妆师。

不负陪伴，我先后拿下了"新人奖"和"十佳"。于是渌带着我们去吃好吃的庆功，宛如我们的"大姐大"。

渌是典型的成都妹子，很会找吃的：街巷深处的厕所串串、路边的手提串串、某校门口的炸土豆、城郊的一家耙泥鳅；同样她也特别会吃：吃火锅不仅要油碟，还必须再多要一份干海椒面，食物在里面翻转蘸满了辣才送进嘴里。

临盆当晚，她逛完商场，还约上我们去医院附近吃了顿兔火锅。

后来渌有了孩子，虽然我们也偶尔会聚会，但少了当年的那份黏糊劲儿。

突然甚是怀念，那些曾经随时都围绕在我身边的他们。

　　而成长不就是这样吗？曾着急地想早早地抛下成长的锚赶紧靠岸，可当真正上岸远行，又恨当初的时间飞快。遥想起靠岸登陆时，先前那些一路同行的人，因各自的生活和目标而匆匆奔走上岸、匆忙地同你挥别："再会！"后各自憧憬着迅速远去，从此从一群人变成需要去独当一面的一个人，青春告终！

30.毛遂自荐

高一上学期，父亲离世，为逃避同学与老师的"有色眼镜"及"过度关照"，我萌发出了转校的念头。

那年是"非典"，全国上下戒严。待疫情稍微得到控制后，我便搭上小巴车前往老家的中学。由于是国家级重点高中，我事先特地准备好各类艺术特长证书和上学期的成绩单，带着所有"申请佐证"直接敲开了校长办公室的门。经过两次商谈，他给到了我0元转校费的特例。

高二、高三暑期分别参加了两届艺术比赛和模特大赛，比赛后想着给自己挣点零花钱，于是带着奖状和证书挨个登门当地规模稍大的影楼。高三那年夏天，城市街道两侧的影楼广告照片中都能看到我的身影，虽然化妆和后期修图让我自己都认不出自己。

大一寒假，也不知哪里来的想法，我毛遂自荐面试了庙会演出，还好幸运地通过了面试，并意外地被安排上了一个角色——担任整个团队的令旗手。当年的庙会演出主题为三国，因此带军出发和一系列征战表演是演出前一个月排练的主要内容。

每天早九晚六排练，春节连续七天正式演出，休息间隙，从起初三三两两各自为政到最后的打成一片，几十号人围成一个大圈玩着杀人游戏，虽然几乎都在瞎推论，但互相的玩笑和挤兑才是游戏的真谛。

演出也很快到了最后一天，中午没有再吃盒饭，而是跟着老师去打了一顿牙祭。最后一场演出结束，脱下演出服，所有人都不语，彼此或击掌或拥抱，就此告别。走到斑马线尽头各自转向回家的路。

同行的几人突然转身，发现老师还伫立在那头望着我们，隔着马路我们大声喊着老师的名字，鞠躬言谢、喊着再见……

"你们赶紧回家啦！别再闹我了，再闹我就真忍不住了！"老师哽咽地喊出这几个字。

隔着马路，大家哭成了泪人。

一个多月的捆绑式生活，很开心遇见他们，也很开心毛遂自荐的这一次难得经历。

　　大学期间，在学生会从事干事工作满一年后，我又毛遂自荐竞选学生会干部，因名额有限努力争取后无果，学生会老师最后给予的评定意见是我太过张扬，不太适合"稳重"的学生会风格，被刷了下来。

　　幸运的是，此时学院团委看到了我的表现和极力争取，给我发来了聘书，聘用我为团委组织部部长。

　　同年的部门招新创下了学校有史以来最高报名人数纪录，最后只好临时申请借用最大的阶梯教室进行笔试，而后联合同学们在学校举办了各类丰富有趣的校园活动。

　　毕业卸任仪式上我打破常规用分享故事的形式总结了整年度部门工作，再最后一次这样地站在台上看着台下的同僚们，对视着，笑着。最后与同期卸任的学生干部们最后一次携手唱着校歌，正式卸任。

　　实习期间，因一直等待香港实习机会而错过了来校的其他各类面试，最后毛遂自荐跑去了正筹备开业的洲际酒店人事部面试。面试各项流程结束并通过后，HR 突然带着遗憾找到我，告知校方只允许我去集团下另一个品牌实习，且必须通过学校端口，因为学校与洲际无任何合作协议关系，于是我当下决定单方面提出申请，以个人名义面试，跟学校无关，带来的后果和影响将自己承担，就这样成了唯一一名被破格录用的实习生。

实习结束，我做出大胆决定，跟同学合作创立活动策划公司。穿着皮鞋、着一身正装、手拿公文包，扮成大人模样奔走各大商场和服装商递名片，一家一家推荐自己和公司。其间虽成功服务过多个服装秀和雅思兰黛"白手套"系列的路演，但最终因各方面原因，公司没能继续。

没有任何收入，大半年时间里，也没找到一份工，吃着5毛钱的馒头过着一整个夏天。

而后为生活，决定南下。在萌发此念头的当晚，坐在公车上，脸放在从车窗吹进来的风里，神奇地感觉自己已然置身在热带，道路两旁立满了芭蕉树……立马打电话把当下这奇妙的感觉讲给Mary听，Mary说："你简直太好笑了。"

一周后，落地深圳宝安国际机场，再一周后，接到当时最向往品牌的面试通知，经过7轮面试后，一天下午正坐在市民中心图书馆的地上翻着书，突然接到offer确认电话，开心到差点叫出声来。

三年多后开始北漂，借宿过朋友家、住过地下室、也睡过厕所（在酒店做值班经理时，值通宵夜班，处理完报表和客人投诉，实在困又怕在办公室睡觉被下属看到影响不好，便定上半小时的闹钟、开着手机音量，躲进大堂的厕所）、每天挤进挤出在只有被人推才能进出车厢的脸贴脸的地铁……却甘之如饴，在工作之余毛遂自荐到朋友公司并开心地穿梭在各类活动策划的现场帮忙、学习着；偶尔休息日跟好友挎上相机、外出京郊，就是一整天。

之后混迹于各个城市，也照旧过活着，虽说一路起起伏伏不停摇晃，但还好一直在路上，坚持着自己想要的。

一年半后，终于拿到了成都某地产公司的策划岗工作，正式从酒店业转行，也正式回家。

有一次跟一客户聊天，聊起他的女儿，他说："我总是让我女儿不断设想她未来的生活场景，工作后的她，每天早上吃着怎样的早餐、穿着怎样的职业套装、开着怎样的车、坐在怎样的办公室里、过着怎样的生活……这样的生活，得为之努力。"

的确，知道自己想要什么，为之前行、努力，尽量不留遗憾。而这一路所有的经历、遇见的所有人和彼此的故事，都将停驻在我们眉宇间，我们用各自独有的神情告诉世界："看！我来过，不虚此行！"

29 岁那年，经历花莲地震，也有幸于西藏偶遇虔诚；从被印尼当地人扣押护照独自维护权益、到 15 天环岛游台湾；从在中国最高处拉断小提琴琴弦、到往返 27 小时耗时 8 天只为圆梦加州……从一路经历一群人再回归一个人，给 30 岁前的青春画上了圆满的句号。

写在最后

一路经历，尤记得大学实习前，班主任发给每位同学的最后话语：

三年时间不长不短，我们很快就将在此挥别，独自奔向各自的未来，请记住每位同学的面容，保持年轻的朝气和活力，保持对这个世界充满好奇的心，保持健康的身体和阳光的心态，读书万卷、流浪四方、以梦为马、光影作鞭、未来可期！

时光影像

家族（父辈）部分留影

◎ 每一年　做一次留影

仿佛那时的他们

就早已预判分离

用照片　记录每一年不同的他们

有喜结连理　有远嫁离家　也有中途离场

照片记得每一位来过的他们

访（娘家）远亲

◎ 那时的关系

再远的距离　也会有一年至少一次的重逢

串门走访

是那时的温情

青春的模样

◎ 一辆脚踏车

一身洁白衣裙

两根马尾辫

一脸无忧笑脸

或许

就是青春的模样

当年证件照
父亲

◎ 旧时
　　不仅仅通过照片的处理方式和色泽来判断
　　更多的是无法效仿与走近
　　那个时代、那时人们以及那时故事

降生
长大

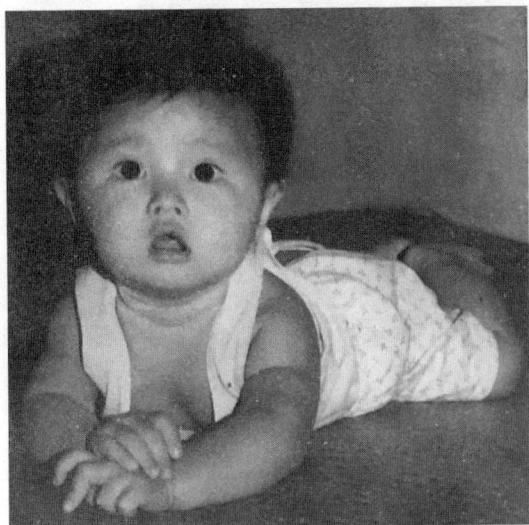

◎ 对一切充满着好奇
　胆怯、惊奇并期待着
　慢慢脱离父母的手　长大

回去的路

◎ 依稀还能窥见当初的繁华

远去的

有时却近在咫尺